きつね音《おん》楽《がく》教《きょう》室《しつ》のゆうれい

小手鞠るい・作　土田義晴・絵

わたしの得意《とくい》なこと。
それは、夜道《よみち》をてらすこと。
太陽《たいよう》がしずんで、
少《すこ》しずつ暗《くら》くなってくる森《もり》に
わたしは空《そら》から金色《きんいろ》の光《ひかり》の手《て》をさしのべる。
子《こ》どもたちがぶじ、おうちに帰《かえ》れますように。
夜《よる》のあいだも、動物《どうぶつ》たちが楽《たの》しく遊《あそ》べますように。
旅人《たびびと》が、道《みち》にまよいませんように。
いのりながら、わたしは空《そら》からそっと、
ひそやかな光《ひかり》のしずくを落《お》とす。
ときどき、雲《くも》のむこうにすがたをかくして、

星《ほし》たちに心配《しんぱい》されてしまうこともあるけれど。
そんなわたしの好《す》きなこと。
音楽《おんがく》をかなでること。口笛《くちぶえ》をふくこと。
夜《よ》ごと、日《ひ》ごと、形《かたち》をかえながら、わたしは歌《うた》う。
春《はる》は、花《はな》たちのつぼみをふくらませるメロディを。
夏《なつ》は、小鳥《ことり》のひなたちがすくすく育《そだ》つ子守歌《こもりうた》を。
秋《あき》は、色《いろ》とりどりの落《お》ち葉《ば》と木《こ》の実《み》の協奏曲《きょうそうきょく》を。
冬《ふゆ》は、雪《ゆき》といっしょにクリスマスソングを。
わたしの名前《なまえ》？
——みんなからは「お月《つき》さま」と
よばれています。

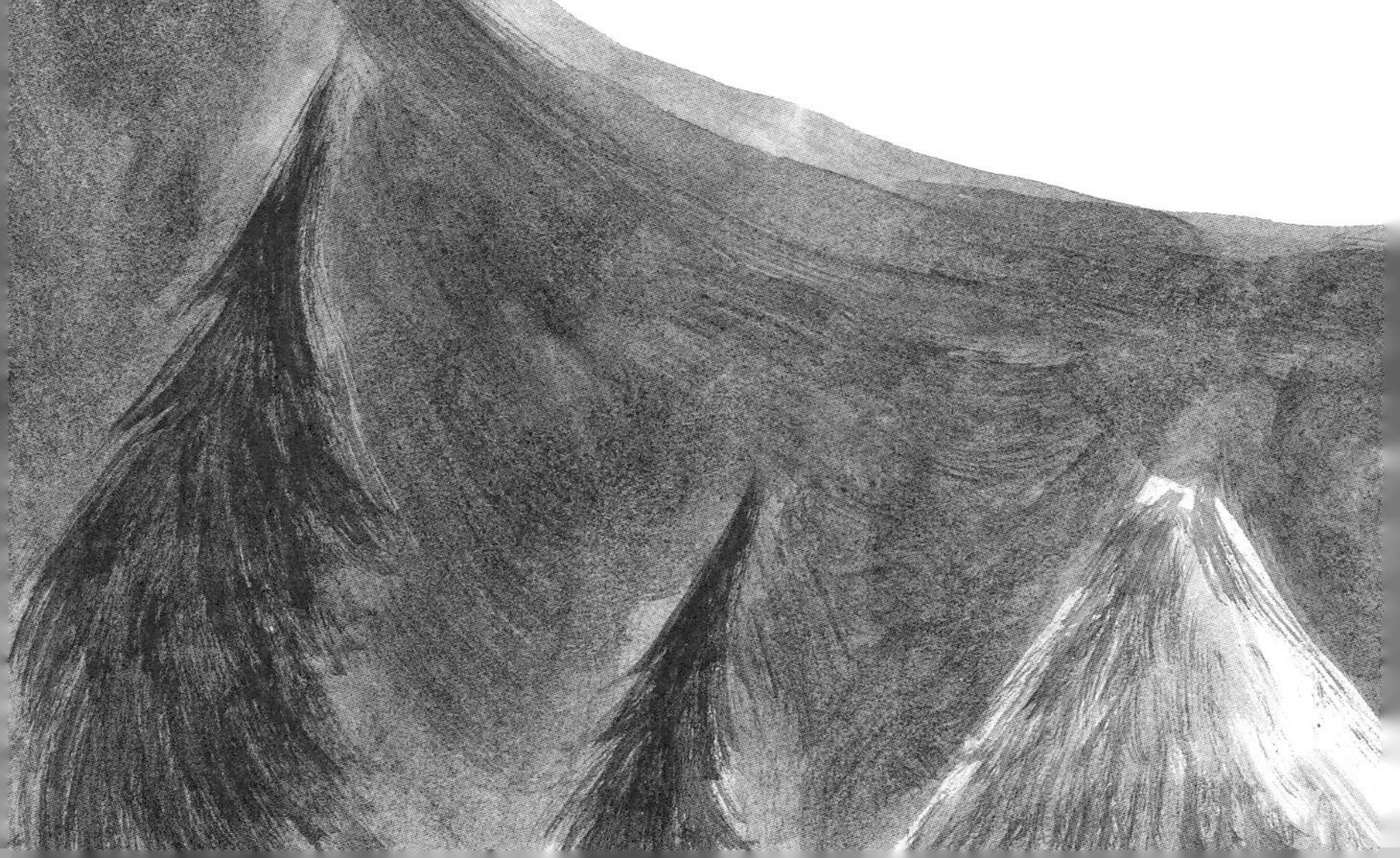

もくじ

1

夜《よ》ふけの森《もり》のなかよしワルツ

「くろくまさん、ごちそうさま。りんごのタルト、とってもおいしかったです」

「ありがとうございました。またきてくださいね」

岩山《いわやま》のふもとにある、くろくまレストランでは、きょうの最後《さいご》のお客《きゃく》さんを見送《みおく》ったくろくまシェフが、あとかたづけをはじめました。

お皿《さら》やコップやナイフやフォークを、ていねいにあらって戸《と》だなにしまい、テーブルの上《うえ》をふき、ゆかのそうじもして、それからあしたの準備《じゅんび》をととのえて、

「さあ、これでよし」

お店《みせ》の明《あ》かりを消《け》して、戸《と》じまりをしてから、二階《かい》にあがって、ベッドにもぐりこみました。

ぶあつい本《ほん》をかかえています。

タイトルは『せかいの動物《どうぶつ》レストラン』。

くろくまシェフは、ベッドのなかで本《ほん》を読《よ》むのが大好《だいす》き。

わたしは窓《まど》からそっと光《ひかり》の手《て》をのばして、くろくまシェフの読《よ》んでいる本《ほん》のページをてらします。

同《おな》じころ、にぎやか森《もり》のひつじ郵便局《ゆうびんきょく》では、あした配達《はいたつ》するつもりの手紙《てがみ》やはがきを、かばんのなかにおさめたひつじ局長《きょくちょう》が、ほっとひと息《いき》、ついています。

「きょうの仕事《しごと》は、これで終《お》わったわ。配達《はいたつ》の道順《みちじゅん》も、ちゃんと頭《あたま》に入《はい》っている。いちばん最初《さいしょ》にいくのは、森《もり》のとしょかんね。つぎが、野《の》うさぎちゃんのおうちで、そのあとにスミレ先生《せんせい》のおうち。おおかみ消防署《しょうぼうしょ》へは、最後《さいご》にいくことにしましょう」

スミレ先生《せんせい》というのは、きつね音楽教室《おんがくきょうしつ》の先生《せんせい》のことです。動物《どうぶつ》たちの音階《おんかい》は、ドレミファソラシド、ではなくて、スミレファソラシド。だから、きつねの先生《せんせい》のことを、みんなは「スミレ先生《せんせい》」とよんでいます。

ひつじ局長《きょくちょう》は、かわいらしいパジャマに着《き》がえると、窓《まど》のそばにおかれているロッキングチェアーに、からだをしずめました。

手《て》には、毛糸《けいと》と編《あ》み針《ばり》を持《も》っています。

いすをゆらゆらゆらゆらしながら、ひつじ局長《きょくちょう》は編《あ》みもののつづきにとりかかりました。

いったい何《なに》を編《あ》んでいるのでしょう。マフラーでしょうか。セーターでしょうか。だれかへのおくりもの？

じっと見《み》つめている、わたしの耳《みみ》に、だれかの声《こえ》が聞《き》こえてきました。

「……むにゃむにゃ……ふむ？　あんなところに、おいしそうな草《くさ》が……どれどれ……」

しわがれた声《こえ》のぬしは、森《もり》のとしょかんのあごひげ館長《かんちょう》です。

にぎやか森《もり》の近《ちか》くにひろがっている、はらぺこ草原《そうげん》。その入《い》り口《ぐち》ふきんにある、森《もり》のとしょかん。どうくつの奥《おく》で、あごひげ館長《かんちょう》がすやすやねむっています。あたりには、本《ほん》がぎっしり。

さっきの声《こえ》は、どうやら、ねごとのようです。

あごひげ館長《かんちょう》は夢《ゆめ》のなかで、大好物《だいこうぶつ》の草《くさ》をむしゃむしゃ食《た》べているのでしょう。

ほかにも、夢《ゆめ》を見《み》ているなかまたちがいます。

ひっそり森《もり》にすんでいる、こぶたくん。

おひるね草原《そうげん》でくらしている、野《の》うさぎちゃん。

窓《まど》からさしこむわたしの光《ひかり》につつまれて、こぶたくんは、テーブルの上《うえ》にならんでいる山《やま》もりのごちそうの夢《ゆめ》を、野《の》うさぎちゃんは、しまりすのきょうだいと、追《お》いかけっこをしている夢《ゆめ》を見《み》ているようです。

みんなが、楽《たの》しい夢《ゆめ》を見《み》られますように。

幸《しあわ》せな夢《ゆめ》を見《み》ながらぐっすりねむって、あしたの朝《あさ》も元気《げんき》いっぱ

い、目覚《めざ》めることができますように。

いのりながら、わたしは今夜《こんや》も、森《もり》と森《もり》のなかまたちを、しずかにてらしつづけます。


おや？　どうしたことでしょう？

きつね音楽教室《おんがくきょうしつ》に、明《あ》かりがともっているではありませんか。

おかしいな、と、わたしは思《おも》いました。

なぜなら、だいぶ前《まえ》に、スミレ先生《せんせい》が教室《きょうしつ》をあとにして、じぶんのおうちにもどったのを、わたしはこの目《め》で見《み》とどけていたからです。

もちろん、生徒《せいと》たちはそれよりもずっと前《まえ》に、それぞれの家《いえ》に。

わたしは空《そら》から目《め》をこらして、きつね音楽教室《おんがくきょうしつ》をのぞいてみました。たしかに、だれかが、教室《きょうしつ》のなかにいるようです。

スミレ先生《せんせい》なのかどうかは、まだわかりません。

もしもスミレ先生《せんせい》なのだとしたら、なぜ、こんな夜《よ》ふけにわざわざ、音楽教室《おんがくきょうしつ》にもどってきたのでしょう。

何《なに》か、わすれものでもしたのでしょうか。それとも、落《お》としもの？

と、そのとき——

聞《き》こえてきたのです。ピアノの音《おと》です。わたしの知《し》らない曲《きょく》です。

なるほど、きつね音楽教室《おんがくきょうしつ》のなかでは、だれかがピアノをひいているのですね。だから、明《あ》かりがついていたのです。

耳《みみ》をすましてみました。

ピアノをひいているのは、スミレ先生《せんせい》ではないとわかりました。なぜって、あんまり、じょうずじゃないからです。

ときどき、音《おと》をまちがえたり、つっかえたり、テンポが急《きゅう》におそくなったり、はやくなったり。スミレ先生《せんせい》ならもっと、もっと、じょうずにひけるはず。

それにしてもずいぶん、熱心《ねっしん》に練習《れんしゅう》しているようです。もうじき、発表会《はっぴょうかい》でもあるのでしょうか？

しばらくのあいだ、わたしは、へたくそなピアノに耳《みみ》をかたむけていました。

へたくそではあるけれど、聞《き》いていると、うきうきした気分《きぶん》になってきました。

わたしと同《おな》じ気分《きぶん》になったなかまが、ほかにもいたようです。

ピアノの音《おと》にあわせて、こおろぎと、ふくろうと、かえるたちが歌《うた》いはじめました。

一、二、三……

一、二、三……

いつのまにか、みんなの調子《ちょうし》がそろって、三拍子《さんびょうし》のリズムをきざんでいます。どこからともなくあらわれた山《やま》ねこと野《の》ねずみが、ダンスをはじめました。

ワンツースリー、ワンツースリー……

わたしもいっしょにおどることにしました。

雲《くも》くんと、そよ風《かぜ》さんと、いっしょに。

わたしたちはひと晩《ばん》じゅう、歌《うた》いつづけ、おどりつづけました。

森《もり》にすんでいるなかまたちも、ベッドのなかで、草《くさ》かげで、夢《ゆめ》のなかで、木《き》の上《うえ》で「夜《よ》ふけの森《もり》のなかよしワルツ」を楽《たの》しんでいました。
ただひとり、スミレ先生《せんせい》をのぞいて。

2

朝《あさ》の森《もり》のいきいきマーチ

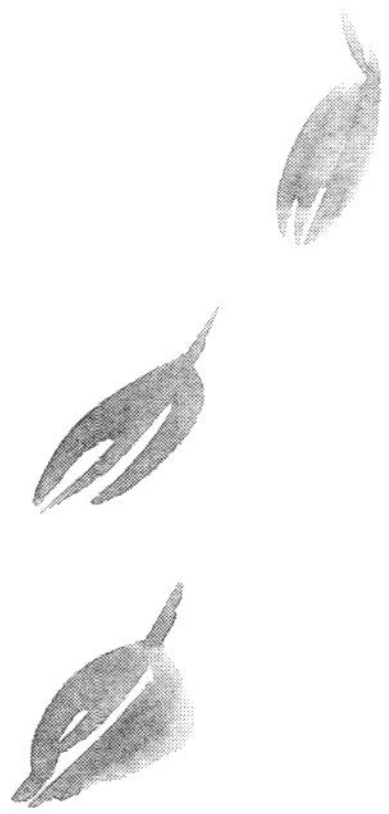

東《ひがし》の空《そら》に、太陽《たいよう》が顔《かお》をのぞかせました。

太陽《たいよう》はきょうもきらきら、ひとみをかがやかせて、元気《げんき》いっぱいです。

「おはよう！」

わたしは太陽《たいよう》に声《こえ》をかけました。

「お月《つき》さま、おはようございます。ゆうべのおつとめ、ありがとうございました」

太陽《たいよう》はにっこり笑《わら》って、わたしから光《ひかり》のバトンを受《う》けとりました。

これから夕方《ゆうがた》まで、森《もり》では太陽《たいよう》が大《だい》かつやくします。

わたしも空《そら》のかたすみで、太陽《たいよう》と森《もり》を見守《みまも》りつづけます。


朝《あさ》の森《もり》は、さわやかな風《かぜ》につつまれています。

早起《はやお》きの小鳥《ことり》たちの歌《うた》が聞《き》こえます。

くろくまシェフは「本日《ほんじつ》のとくべつランチ」用《よう》の、めずらしい木《こ》の実《み》ときのこをさがしに、ひっそり森《もり》へ。

ひっそり森《もり》では、こぶたくんとその家族《かぞく》、合計《ごうけい》十名《めい》がそろって、朝《あさ》ごはんを食《た》べているまっさいちゅう。大家族《だいかぞく》なのに、にぎやかではありません。みんな、食《た》べるのにいそがしくて、だまっているからです。
にぎやか森《もり》のひつじ郵便局《ゆうびんきょく》では、ひつじ局長《きょくちょう》がてんてこまいをしています。
なぜなら、ゆうべおそく、ポストに投函《とうかん》されていた速達《そくたつ》の手紙《てがみ》があったからです。
「ああ、たいへん、たいへん、すぐにとどけなきゃ」
ひつじ局長《きょくちょう》は朝《あさ》ごはんも食《た》べないで、自転車《じてんしゃ》にのると、となりの森《もり》をめざしました。
ちっともいそがしくないのは、森《もり》のとしょかんの、あごひげ館長《かんちょう》

だけです。

あごひげ館長《かんちょう》はまだ、ぐっすりねむっているようです。

切《き》りかぶのテーブルの上《うえ》に、ひろげたままおかれているとしょかん日誌《にっし》には「きょうもひま、きのうもひま、おとといもひま、あしたもおそらくひまだろう」と書《か》かれています。

おひるね草原《そうげん》の野《の》うさぎちゃんのおうちでは、すでに朝《あさ》ごはんをすませて、おとうさんとおかあさんは仕事場《しごとば》へ、三人《にん》の子《こ》どもたちはそれぞれ、うさぎ保育園《ほいくえん》、うさぎ幼稚園《ようちえん》、うさぎ小学校《しょうがっこう》へ。

「いってきまーす」

長女《ちょうじょ》の野《の》うさぎちゃんは、かばんのほかに、バイオリンケースを持《も》っています。

きょうは、小学校《しょうがっこう》の授業《じゅぎょう》が終《お》わったあと、きつね音楽教室《おんがくきょうしつ》にバイオリンを習《なら》いにいく日《ひ》なのです。

きつね音楽教室《おんがくきょうしつ》では、スミレ先生《せんせい》が教室《きょうしつ》にやってきて、きょうのレッスンの準備《じゅんび》をしています。時間割《じかんわり》をかくにんして、楽譜《がくふ》や楽器《がっき》を用意《ようい》して、それからスミレ先生《せんせい》は、ピアノの練習《れんしゅう》をはじめるのです。

先生《せんせい》だって、毎日《まいにち》の練習《れんしゅう》は、かかせません。

スミレ先生《せんせい》は、努力家《どりょくか》なのです。

だから、あんなにピアノがじょうずなんですね。ゆうべのだれかさんとはちがって。

スミレ先生《せんせい》はピアノの前《まえ》にすわると、深呼吸《しんこきゅう》をひとつしてから、「朝《あさ》の森《もり》のいきいきマーチ」をひきはじめました。

スミレ先生《せんせい》がつくった曲《きょく》です。

いつも、朝《あさ》いちばんに、スミレ先生《せんせい》はこの曲《きょく》をひくのです。

なんてすがすがしい、なんてほがらかで、力強《ちからづよ》い、メロディとリズム。

スミレ先生《せんせい》の演奏《えんそう》を聞《き》いていると、わたしのからだにも、光《ひかり》にも、

あらたな命《いのち》がめばえるようなのです。希《き》望《ぼう》と勇気《ゆうき》がもくもく、わいてくるのです。

音楽《おんがく》には、そんなふしぎな力《ちから》があるのですね。

おやおや、大空《おおぞら》のどこかで、雲《くも》くんもわたしと同《おな》じような気持《きも》ちになっているようです。

見《み》ると、雲《くも》くんはでっかい怪獣《かいじゅう》に変身《へんしん》して、のっしのっしと行進《こうしん》をしているではありませんか。

スミレ先生《せんせい》のマーチにあわせるかのようにして、ひつじ局長《きょくちょう》が速《そく》達《たっ》の配達《はいたつ》を終《お》え、森《もり》にもどってきました。

「なんとか、まにあったわ。よかった、よかった。これで、くろくまさんにしかられなくてもすむわね」

ゆうべ、速達《そくたつ》を投函《とうかん》したのはどうやら、くろくまシェフだったようです。急《いそ》いで出《だ》したい手紙《てがみ》は、だれにあてたものだったのでしょうか。

マーチが終《お》わるころになって、あごひげ館長《かんちょう》がやっとのことで、目《め》を覚《さ》ましました。

「はぁぁぁぁ、よくねむったなぁ。おかげで腹《はら》がぺこぺこだ。さ、出《で》かけるとするか」

行《い》き先《さき》は、はらぺこ草原《そうげん》です。
そこからもどったら、何《なに》をするのかって。
それは、おひるねに決《き》まっています。
あごひげ館長《かんちょう》は、ごはんのつぎに、おひるねが好《す》きで、得意《とくい》なのです。
だって、としょかんの仕事《しごと》は「きょうもひま」ですからね。

「スミレ先生《せんせい》、こんにちは」
太陽《たいよう》が空《そら》のまんなかまでのぼったころ、きつね音楽教室《おんがくきょうしつ》に、最初《さいしょ》

の生徒《せいと》がやってきました。

たいこ、シンバル、もっきんなどの打楽器《だがっき》を習《なら》っている、たぬきくんです。

たいこをたたくのはじょうずになりましたが、もっきんは、まだまだのようです。スミレ先生《せんせい》のピアノにあわせて、なんどもなんども練習《れんしゅう》します。

「じゃあ、きょうはここまでにしましょう。おうちにもどったあとも、しっかりおさらいをしてね」

「はい」

二番《ばん》めにやってきたのは、かめばあさんです。かめばあさんの習《なら》っている楽器《がっき》は、コントラバスです。形《かたち》はバイオリンに似《に》ているけれど、大《おお》きさは、かめばあさんのからだの二ばいくらいあります。

かめばあさんが弦《げん》をはじくと、低《ひく》くて、深《ふか》い音《おと》があたりにひびきます。

三番《ばん》めにやってきたのは、ランドセルをせおった、野《の》うさぎちゃんです。

野《の》うさぎちゃんのバイオリンのレッスンが終《お》わると、まだ教室《きょうしつ》に残《のこ》っていたかめばあさんとたぬきくんは、野《の》うさぎちゃん、スミレ先生《せんせい》といっしょに、四人《にん》で合奏《がっそう》します。

その音楽《おんがく》が終《お》わらないうちに、四番《ばん》めの生徒《せいと》の山《やま》ねこと野《の》ねずみがいっしょにやってきます。

山《やま》ねこはぴかぴか光《ひか》る楽器《がっき》を、野《の》ねずみは小《ちい》さな横笛《よこぶえ》を手《て》にしています。山《やま》ねこはトランペットを、野《の》ねずみはピッコロを、習《なら》っているのです。

いつのまにか、教室《きょうしつ》のまわりには、おおぜいのなかまたち、小鳥《ことり》たちが集《あつ》まってきて、みんなで「ひみつの森《もり》のコンサート」に耳《みみ》を

かたむけています。
もちろん、わたしも。太陽《たいよう》も、雲《くも》くんも、そよ風《かぜ》さんも。

3 うちあげ花火《はなび》とうちあわせ

そよ風《かぜ》にコスモスがゆれている、すずしい秋《あき》の夕《ゆう》ぐれどきです。

きょうも一日《にち》、いっしょうけんめい働《はたら》いた太陽《たいよう》がさっていくのを見《み》とどけてから、わたしは空《そら》のかなたにぽっかりうかんで、森《もり》をてらしはじめました。

いつもなら、くろくまレストランは、おなかをすかせて晩《ばん》ごはんを食《た》べにやってきたお客《きゃく》さんたちで、いっぱいになっているはずなのですが、きょうはいつもとは、ようすがちがうようです。

「本日《ほんじつ》は、りんじきゅうぎょうします」

レストランのドアには、そんな看板《かんばん》がかかっています。

にもかかわらず、レストランのなかには、森《もり》のなかまたちのすがたが見《み》えます。

くろくまシェフのほかには、ひつじ郵便局長《ゆうびんきょくちょう》とおおかみ消防署長《しょうぼうしょちょう》、スミレ先生《せんせい》とかめばあさん。

五人《にん》は大《おお》きなまるいテーブルをかこんで、何《なに》やら熱心《ねっしん》に話《はな》しをしているようです。

いったいどんな話《はなし》をしているのでしょうか。

ちょっと聞《き》きにいってみましょう。

「じゃあ、料理《りょうり》はこれでいいですね。あとは、ケーキですね。これ

について も、ぼくにまかせてください。特別《とくべつ》で特大《とくだい》のケーキを焼《や》きますから。ええっと、ひつじ局長《きょくちょう》、それでけっきょく、お客《きゃく》さんの数《かず》は、ぜんぶでどれくらいになりそうでしょうか？」

くろくまシェフの質問《しつもん》に、ひつじ局長《きょくちょう》が答《こた》えます。

「となりの森《もり》から返事《へんじ》の手紙《てがみ》がとどいて、あごひげ館長《かんちょう》のしんせきやお友《とも》だちが、おおぜい参加《さんか》してくれるそうなので、三百人《にん》くらいになるかしら」

「さ、さんびゃくにん？ それはあんた、ゼロがひとつ、多《おお》いんじゃないかい？」

かめばあさんが首《くび》をのばしてたずねると、

「あっ、ごめんなさい。そのとおりだわ」

ひつじ局長《きょくちょう》は、はずかしそうにして、ちょこっと肩《かた》をすくめ、

「だけど、小鳥《ことり》たち、虫《むし》たち、かえるたちの数《かず》もくわえると、それくらいになるかもしれないぞ」

おおかみ消防署長《しょうぼうしょちょう》はそう言《い》って、ひつじ局長《きょくちょう》の肩《かた》をぽんぽんとたたきました。

「わかりました。料理《りょうり》とケーキはたっぷり用意《ようい》しておきます。ではつぎに音楽《おんがく》ですが、これについては、スミレ先生《せんせい》から」

「はい」

スミレ先生《せんせい》はにっこり笑《わら》って、かばんのなかから楽譜《がくふ》をとりだしました。

「当日《とうじつ》は、おめでとうの歌《うた》をみんなで合唱《がっしょう》したいと思《おも》います。曲《きょく》もつくりました。こんな歌《うた》です」

スミレ先生《せんせい》のやさしい歌声《うたごえ》が聞《き》こえてきました。

なめらかなその声《こえ》は、レストランのなかだけではなくて、窓《まど》から外《そと》に、森《もり》ぜんたいに、流《なが》れてゆくようでした。

ハッピーバースデイ、あごひげ館長《かんちょう》
おたんじょうび、おめでとうございます
いついつまでもお元気《げんき》で、笑顔《えがお》で幸《しあわ》せで
ハッピーバースデイ、食《く》いしんぼうの館長《かんちょう》
おなかがすいても、本《ほん》は食《た》べないで
楽《たの》しい森《もり》のとしょかん、いついつまでも
おたんじょうび、おめでとうございます

スミレ先生《せんせい》の歌《うた》が終《お》わると、みんなはパチパチ、パチパチ、拍手《はくしゅ》

をしました。

「いい歌《うた》だね」

「メロディもかんたんだし、これならだれにでも歌《うた》えるね」

「あごひげ館長《かんちょう》もきっと、大喜《おおよろこ》びするよ」

けれども、かめばあさんには少《すこ》し、ちがう意見《いけん》があったようです。

拍手《はくしゅ》が鳴《な》りやむのを待《ま》って、かめばあさんは、せきばらいをひとつ。

「うーん、歌《うた》だけじゃなくて、もっとにぎやかな、もっとこう、どーんといせいがよくて、はなばなしい、色《いろ》とりどりのうちあげ花《はな》火《び》みたいな音楽《おんがく》があるとええなあ。なんといってもあんた、あごひげ館長《かんちょう》は、百八歳《さい》のめでたいじいさんなんじゃから」

くろくまシェフ、おおかみ消防署長《しょうぼうしょちょう》、ひつじ郵便局長《ゆうびんきょくちょう》はいっせいに、スミレ先生《せんせい》の方《ほう》を見《み》ました。スミレ先生《せんせい》の答《こた》えを、待《ま》っているようです。

「……たしかに。もっとにぎやかに、もっとはなやかに、花火《はなび》をうちあげるような音楽《おんがく》があれば……」

いいのですが、と、言《い》いかけているスミレ先生《せんせい》に対《たい》して、

「オオ！　いいアイディアがあるぞ！」

おおかみ消防署長《しょうぼうしょちょう》がパチーンと両手《りょうて》を打《う》ちならしました。

こんどはみんな、署長《しょちょう》の顔《かお》を見《み》つめています。

「スミレ先生《せんせい》、あれだよ、あれ。ええっと、オオ、ケストラ。オオ、ケストラなら、にぎやかで、はなやかで、色《いろ》とりどりの音楽《おんがく》がつくれるじゃないか」

ひつじ郵便局長《ゆうびんきょくちょう》が問《と》いかけます。

「オオ、ケストラって、オーケストラのことかしら？」

おおかみ消防署長《しょうぼうしょちょう》は、耳《みみ》のうしろをぼりぼりかきながら、うなずいています。

かめばあさんは、満足《まんぞく》そうな顔《かお》つきになっています。

「そうじゃそうじゃ、それがええ。オーケストラなら、うちあげ花《はな》火《び》にも負《ま》けん」

くろくまシェフの表情《ひょうじょう》は、まるで焼《や》きたての「にこにこ顔《がお》のパン」そのもの。

「スミレ先生《せんせい》なら、できますね。ぜひ、先生《せんせい》と音楽教室《おんがくきょうしつ》の生徒《せいと》たちみんなで、森《もり》のオーケストラを結成《けっせい》してください。うおぉ、楽《たの》しみだなぁ」

こうして、あごひげ館長《かんちょう》のおたんじょうびパーティーのうちあわせは、ぶじ終了《しゅうりょう》しました。みんなはレストランをあとにして、それぞれの家《いえ》に帰《かえ》っていきました。

スミレ先生《せんせい》も、おうちにもどってベッドに入《はい》りました。

けれども、なかなかねむりにつくことができません。目《め》をとじたり、あけたりしながら、ひとりごとをつぶやいています。

どうしよう、どうしよう、こまったことになった……

4 こまったときの行《い》き先《さき》は

スミレ先生《せんせい》は、夜《よる》もねむれないほど、何《なに》をなやんでいるのでしょう。

わたしはそっと、そっと光《ひかり》の手《て》をのばして、スミレ先生《せんせい》の心《こころ》のとびらをあけてみました。とびらのむこうには、さらにもう一枚《まい》のとびらがあります。かたく、かたく、とざされています。ずいぶん長《なが》いあいだ、あけられたことのないとびらのように見《み》えました。

そのとびらをあけようとしたとき、

「そうだ、思《おも》いだした！　うっかりしてた！　あそこへいけばいいいんだ！」

スミレ先生《せんせい》はそう言《い》うと、ベッドのなかから夜空《よぞら》のわたしを見《み》あげて、ほほえみました。

「お月《つき》さま、ありがとう。いいことを思《おも》いださせてくれて」

よく朝《あさ》、スミレ先生《せんせい》はお気《き》に入《い》りの日《ひ》がさを手《て》にして、外《そと》にとびだしました。スキップをしながら、ハミングをしながら、小鳥《ことり》たちといっしょにむかう先《さき》は――

森《もり》のとしょかんです。

こまったことがおこったら、森《もり》のとしょかんへ。

あごひげ館長《かんちょう》にそうだんしてみよう。

そうすれば、どんな問題《もんだい》でも解決《かいけつ》できる。

これは、森《もり》のなかまたちの「あいことば」のようなもの。

「おはようございます！」

どうくつの奥《おく》で、本《ほん》にかこまれてぐっすりねむっているあごひげ館長《かんちょう》に、スミレ先生《せんせい》は入《い》り口《ぐち》から大《おお》きな声《こえ》で、よびかけました。

「あごひげ館長《かんちょう》、起《お》きてください。そうだんしたいことがあります」

どうくつじゅうにひびきわたる明《あか》るい声《こえ》を耳《みみ》にして、あごひげ館《かん》長《ちょう》は目《め》を覚《さ》ましました。

「おお、だれかと思《おも》ったら、スミレ先生《せんせい》か。どうした？　こんなに朝《あさ》はやくから、なんだね。何《なに》か、こまったことでもあったかな」

あくびをしながら、どうくつから出《で》てきた、あごひげ館長《かんちょう》にむかって、

「はい。じつは、こまったことに……」

と、話《はな》しはじめたものの、スミレ先生《せんせい》は、はっとした表情《ひょうじょう》になって、ことばのつづきをのみこんでしまいました。そしてそのかわりに、こう言《い》いました。

「いえ、こまったことは、何《なに》もありません。でも、急《いそ》いで読《よ》みたい本《ほん》があります。あの、このとしょかんには『動物音楽《どうぶつおんがく》なんでもわか

る事典《じてん》』はありますか?」

「あるある、似《に》たようなのがある。ちょっと待《ま》ってなさい。今《いま》、持《も》ってくるからな。それにしても、スミレ先生《せんせい》はいつも熱心《ねっしん》にべんきょうしているね。感心《かんしん》なことだ。どこかのだれかも、見習《みなら》うべきだ。ひるねばかりしていないで、たまには本《ほん》でも読《よ》めばいいんだ」

あごひげ館長《かんちょう》は、ぶつぶつ言《い》いながら、どうくつのなかにすがたを消《け》しました。「どこかのだれか」とはおそらく、じぶんのことでしょう。

ほどなく、あごひげ館長《かんちょう》は、大《おお》きくて重《おも》そうな、写真集《しゃしんしゅう》みたいな本《ほん》をかかえて、もどってきました。タイトルは『動物音楽《どうぶつおんがく》――その歴史《れきし》と魅力《みりょく》のすべて』。ちょっとむずかしそうな本《ほん》です。

切《き》りかぶのテーブルの上《うえ》に、ドスンと音《おと》をさせて本《ほん》をおくと、あごひげ館長《かんちょう》は言《い》いました。

「それじゃあ、わしはこれから、はらぺこ草原《そうげん》へいって、朝《あさ》ごはんを食《た》べてくるとしよう。しっかりべんきょうするんだよ」

「はい」

スミレ先生《せんせい》はテーブルの前《まえ》にすわると、本《ほん》をひらきました。「さっきはうっかり、おたんじょうびパーティーのことを話《はな》してしまうところだった」と、胸《むね》をなでおろしながら。

なるほど、あごひげ館長《かんちょう》をあっとおどろかせるために、森《もり》のみんなはパーティーのことをひみつにしているのですね。

『動物音楽《どうぶつおんがく》——その歴史《れきし》と魅力《みりょく》のすべて』は、ちょっと、ではなくて、とてもむずかしい本《ほん》のようです。ぱっとあけたページを見《み》て、スミレ先生《せんせい》はためいきをつきました。「漢字《かんじ》も多《おお》いし、知《し》らないことばも多《おお》い。あたしに読《よ》めるかしら？」と。

でも、つぎのページをめくると、スミレ先生《せんせい》の顔《かお》はにっこり。

もう一枚《まい》、めくると、さらににっこり。

文章《ぶんしょう》はたしかにむずかしいのですが、どのページにも、わかりやすくて、見《み》ているだけで楽《たの》しくなってくるようなイラストがたくさん、えがかれていたのです。

スミレ先生《せんせい》は安心《あんしん》して、最初《さいしょ》の方《ほう》にある目次《もくじ》のページを見《み》ました。

第《だい》五章《しょう》　動物音楽《どうぶつおんがく》の形態《けいたい》と形式《けいしき》について
第《だい》六章《しょう》　オーケストラの編成方法《へんせいほうほう》について
……
そこで、スミレ先生《せんせい》の目《め》がきらりとかがやきました。目次《もくじ》には、まだまだ章《しょう》がつづいていましたが、それらは見《み》ないで、大急《おおいそ》ぎで第《だい》六章《しょう》をひらきました。
スミレ先生《せんせい》の「こまったこと」とは――
「音楽教室《おんがくきょうしつ》で教《おし》えているあたしが、オーケストラとはどういうものなのか、知《し》らなかったなんて、これは、だれにも知《し》られてはならないことだった」のですね。

でも、もうだいじょうぶ。

第六章《だいしょう》には、スミレ先生《せんせい》の知《し》りたかったことが、ほとんどすべて、書《か》かれていました。とてもわかりやすいイラストとともに。

【人間《にんげん》の世界《せかい》では、オーケストラとは管弦楽団《かんげんがくだん》ともよばれており、弦楽器《げんがっき》、管楽器《かんがっき》、打楽器《だがっき》で構成《こうせい》されている。しかしながら動物《どうぶつ》の場合《ばあい》には、そんなことは気《き》にしなくてよろしい。それぞれが得意《とくい》で、それぞれがいちばん好《す》きな楽器《がっき》を使《つか》って、みんなで力《ちから》をあわせてひとつの音楽《おんがく》をつくれば、それが最高《さいこう》のオーケストラの演奏《えんそう》になるであろう。

たいせつなのは、自由《じゆう》と調和《ちょうわ》。このふたつさえあれば、うちあげ花火《はなび》のようににぎやかで、はなやか、かつ、美《うつく》しい音楽《おんがく》となるであろう。とくに、だれかの誕生日《たんじょうび》などには、オーケストラの演奏《えんそう》がふさわしい。だが、わすれてはならないことがある。いかなるオーケストラにも絶対《ぜったい》に必要《ひつよう》な存在《そんざい》があって、それは】

つぎのページをめくらないで、スミレ先生《せんせい》はパタンと本《ほん》をとじると、立《た》ちあがりました。

これならできるわ！　オーケストラ。なやむことなんか、ちっともなかったんじゃない。

切《き》りかぶのテーブルのかたすみに、おかれたままになっていた「としょかん日誌《にっし》」に、きょうの日《ひ》づけと、本《ほん》のタイトルと、じぶんの名前《なまえ》と、最後《さいご》に「あごひげ館長《かんちょう》、ありがとうございました」と書《か》くと、スミレ先生《せんせい》は森《もり》のとしょかんをあとにしました。

5　オーケストラに必要《ひつよう》なのは

あごひげ館長《かんちょう》のおたんじょうびパーティーまで、あと三日《か》になりました。

きつね音楽教室《おんがくきょうしつ》には、きょうも森《もり》のなかまたちがおおぜい集《あつ》まって、しんけんに、まじめに、練習《れんしゅう》をしています。

森《もり》のオーケストラを結成《けっせい》すると決《き》めてから、きょうまでの十日間《かかん》、スミレ先生《せんせい》はもちろんのことですが、生徒《せいと》たちは朝《あさ》も、昼《ひる》も、夜《よる》も、練習《れんしゅう》をかさねてきました。

野《の》うさぎちゃんと、いもうとうさぎのふたりは、バイオリンとビオラ。

かめばあさんは、コントラバス。

山《やま》ねこと、なかまのねこは、トランペットとサクソフォーン。

野《の》ねずみたちは、ピッコロとフルート。

たぬきくんと、そのきょうだいたちは、たいことシンバル。

りすのきょうだいは、トライアングルとカスタネット。

しかたちは、トロンボーンとクラリネット。

こぶたくんのかかえている、あの大《おお》きな楽器《がっき》は、なんでしょうか。

ぐるぐると、うずをまいているように見《み》える中心《ちゅうしん》の部分《ぶぶん》。そこからぬっとつきだしている巨大《きょだい》なあなは、こぶたくんの鼻《はな》のなんばいもあります。

こぶたくんが、ほっぺをふくらませて息《いき》をぶーっとふきこむと、

「ブオーン、ブオーン、ブブブブーン」

まるで、おなかをすかせた、ぶたの鳴《な》き声《ごえ》みたいな音《おと》が、とびだしてくるではありませんか。

すぐそばで聞《き》いていた野《の》ねずみたちが、

「じょうずになったね、チューチューチュー」

と、手拍子《てびょうし》をたたいています。

そうでした。あの、ぴかぴか光《ひか》る楽器《がっき》の名前《なまえ》は、チューバという

のでした。

スミレ先生《せんせい》のピアノの前《まえ》におかれている楽譜《がくふ》の表紙《ひょうし》には、

第《だい》一楽章《がくしょう》　かんげいのマーチ（小鳥《ことり》たちの輪唱《りんしょう》つき）
第《だい》二楽章《がくしょう》　たんじょうびワルツ（山《やま》ねこと野《の》ねずみのダンスつき）
第《だい》三楽章《がくしょう》　おめでとうの歌《うた》（森《もり》のなかまたち全員《ぜんいん》の大合唱《だいがっしょう》つき）

と、書《か》かれています。

作曲《さっきょく》の最後《さいご》のしあげも、終《お》わったようです。

「第二楽章《だいにがくしょう》のワルツはゆっくりと。さあ、これでいい。何《なに》もかも完《かん》成《せい》したわ」

スミレ先生《せんせい》はピアノの前《まえ》から立《た》ちあがると、教室《きょうしつ》に集《あつ》まっていた生徒《せいと》たちに声《こえ》をかけました。

「それではみなさん、今《いま》からいよいよ、シンフォニーの練習《れんしゅう》をはじめます。第一楽章《だいいちがくしょう》から最後《さいご》まで、全員《ぜんいん》で演奏《えんそう》してみましょう。用意《ようい》は、いいですか？」

「はぁぁぁあい」

音楽教室《おんがくきょうしつ》の天井《てんじょう》をつきやぶりそうなほど、元気《げんき》な返事《へんじ》。

みんなは、決《き》められた位置《いち》で、じぶんの楽器《がっき》を手《て》にして、ひとみをかがやかせています。

みんな、自信《じしん》まんまん。

なぜって、これまでずっと、それぞれの楽器《がっき》を力《ちから》いっぱい練習《れんしゅう》してきたからです。

楽譜《がくふ》もしっかり頭《あたま》のなかに入《はい》っています。

それなのに——

「あああああ、だめ！　だめ！　だめぇぇぇぇ！」

五分《ふん》もたたないうちに、スミレ先生《せんせい》のさけび声《ごえ》がひびきわたりました。

「ちっともよくない。みんな、てんでんばらばらで、まったく音楽《おんがく》になっていない。どうしたの？　今《いま》までどんな練習《れんしゅう》をしてきたの？」

教室内《きょうしつない》は、しーんとしずまりかえっています。

スミレ先生《せんせい》は大《おお》きなためいきをついたあと、きびしい顔《かお》つきのままで言《い》いました。

「もう一回《かい》、最初《さいしょ》からやってみましょう」

だれもがスミレ先生《せんせい》以上《いじょう》に、きびしい顔《かお》つきになっています。こんどこそ、ちゃんとひかなくては、ふかなくては、鳴《な》らさなくては、たたかなくては……

ああ、でも、三分《ぷん》後《ご》にはふたたびの「だめだめ！」です。

「もう一回《かい》、はじめから」

そして二分《ふん》後《ご》には「だめだめだめ！」と、「だめ」だけがふえていきます。

「どういうこと？　みんな、あんなにじょうずになっていたはずなのに、なぜなの？」

スミレ先生《せんせい》が「もう一回《かい》」と言《い》いかけた、そのときでした。

「あのー」

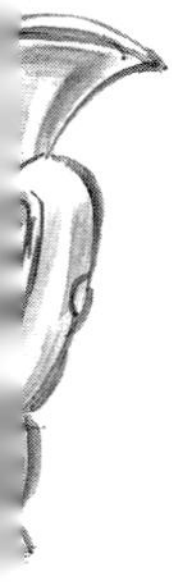

入《い》り口《ぐち》から、ちょっとまのぬけたような、ひつじ局長《きょくちょう》の声《こえ》がとどきました。

ひつじ局長《きょくちょう》は、オーケストラのメンバーには入《はい》っていません。きょうの郵便配達《ゆうびんはいたつ》にやってきたのです。

「こんな絵《え》はがきが、スミレ先生《せんせい》に」

「ありがとう。だれからかしら？」

スミレ先生《せんせい》は、受《う》けとると同時《どうじ》に、差出人《さしだしにん》の名前《なまえ》を見《み》ました。

差出人《さしだしにん》は、おおかみ消防署長《しょうぼうしょちょう》でした。うらがえすと、絵《え》の得意《とくい》なおおかみ署長《しょちょう》がかいたと思《おも》われる、オーケストラの絵《え》。

文章《ぶんしょう》は、たったひとこと。

「がんばれ！　ひみつの森《もり》のオオケストラ」

いつのまにか、スミレ先生《せんせい》のまわりに生徒《せいと》たちが集《あつ》まってきて、絵《え》はがきを見《み》つめていました。

みんな、だまっています。「だめだめだめだめ」のことを思《おも》うと、何《なに》も言《い》えなくなってしまうのでしょう。

そんなしずけさをやぶるようにして、

「先生《せんせい》！　これを見《み》てください。ここです、これです」

たぬきくんが言《い》いました。絵《え》はがきの絵《え》の、まんなかあたりを指《ゆび》さしながら。

「……ああっ、そうだ、そうだわ、そういえば」

スミレ先生《せんせい》は、おでこに手《て》をあてました。

何《なに》か、思《おも》いだしたことがあるようです。

森《もり》のとしょかんでオーケストラについて調《しら》べたとき、最後《さいご》に読《よ》んだページには「わすれてはならないことがある」と、書《か》かれていた。いかなるオーケストラにも絶対《ぜったい》に必要《ひつよう》な存在《そんざい》があって、それは――と。

あそこで、あたしは本《ほん》をとじてしまった。だけど、そばにあった

イラストには、たしかにえがかれていた。たぬきくんの指《ゆび》さしている「存在《そんざい》」が。

晴《は》れ晴《ば》れとした表情《ひょうじょう》になって、スミレ先生《せんせい》は言《い》いました。

「わかったわ。どうしてうまくいかなかったのか。オーケストラには、指揮者《しきしゃ》が必要《ひつよう》なのよ」

6　なぞのピアニスト

「じゃあ、みんな、用意《ようい》はいい？　もう一回《かい》、はじめから、やってみましょう」

スミレ先生《せんせい》の手《て》には、指揮《しき》をするためのタクトがにぎられています。

ついさっき、教室《きょうしつ》のそばにひろがっている森《もり》のなかで、ひろってきた小枝《こえだ》です。

生徒《せいと》たちはみんな、息《いき》をひそめて、小枝《こえだ》の先《さき》を見《み》つめています。

それまで、教室《きょうしつ》の外《そと》で歌《うた》を歌《うた》っていた小鳥《ことり》たちも、急《きゅう》にしずかになりました。

小枝《こえだ》の先《さき》が、わずかにくいっと動《うご》いたかと思《おも》うと、オーケストラの演奏《えんそう》がはじまりました。

バイオリンとビオラをひく、野《の》うさぎちゃんたちのなめらかな腕《うで》。

コントラバスの弦《げん》をはじく、かめばあさんの太《ふと》い指《ゆび》。

ぴかぴかの金管楽器《きんかんがっき》や細長《ほそなが》い木管楽器《もっかんがっき》をふく、山《やま》ねこや野《の》ねずみや、しかたちの口《くち》。

おどりながら打楽器《だがっき》を打《う》ちならす、たぬきたちとりすたち。

こぶたくんも顔《かお》をまっかにして、チューバに息《いき》をふきこんでいます。

みんなのからだと、みんなの心《こころ》がひとつにとけあって、ひとつの音楽《おんがく》が生《う》まれました。

森《もり》のオーケストラのつくりだすメロディとリズムは、風《かぜ》にのって空《そら》にまいあがり、空《そら》では雲《くも》と太陽《たいよう》がいっしょに、宇宙《うちゅう》のシンフォニーをかなでています。

なんてすばらしい「たんじょうびシンフォニー」なんでしょう。

うっとりしながら、耳《みみ》をかたむけていたわたしでしたが――

第《だい》一楽章《がくしょう》のまんなかあたりまで進《すす》んできたところで、とつぜん、音楽《おんがく》が消《き》えてしまいました。なんの音《おと》もしません。だれの楽器《がっき》も鳴《な》

りません。みんなの腕《うで》も指《ゆび》も口《くち》も、止《と》まったままです。

動《うご》いているのは、スミレ先生《せんせい》の小枝《こえだ》のタクトだけ。

いったいどうしてしまったのでしょう。

みんなはだまって、スミレ先生《せんせい》を見《み》つめています。

「いけないいけない、すっかりわすれてた。あたしとしたことが……」

スミレ先生《せんせい》のしっぽは、だらんとさがってしまいました。タクトも下《した》をむいています。何《なに》かたいせつなことを、スミレ先生《せんせい》はわすれていたようです。

「あたしが指揮者《しきしゃ》になったら、だれがピアノをひくの？」

そうなんです。音楽《おんがく》がぴたりと止《と》まってしまったのは、そこから、特別《とくべつ》なピアノの独奏《どくそう》がはじまって、それからふたたび、オーケストラがピアノを追《お》いかけるようにして演奏《えんそう》する。そういう流《なが》れになっていたからなのです。

「どうしよう、だれか、あたしのかわりに、ピアノをひいてくれないかしら？」

みんなは、ただだまって、顔《かお》と顔《かお》を見《み》あわせています。ピアノなんてむりです。だって、みんなにはそれぞれのたんとう楽器《がっき》があって、きょうまで、そればかりをいっしょうけんめい、練習《れんしゅう》してきたのですから。

「先生《せんせい》！」

沈黙《ちんもく》をやぶるようにして、野《の》うさぎちゃんのほがらかな声《こえ》があがりました。

「月夜《つきよ》のピアニストさんに、たのんだらどうでしょう？」

すると、まわりにいたみんなが口《くち》ぐちに言《い》いはじめました。

「そうだ、そうだ、それがいい」

「このごろでは、スミレ先生《せんせい》と同《おな》じくらい、じょうずになったもの

ね」

「ほんとだ、すぐになかまに入《はい》ってもらおう、月夜《つきよ》のピアニストさんに。あの、なぞのピアニストに」

スミレ先生《せんせい》は、ぽつん、と言《い》いました。ちょっと悲《かな》しそうな顔《かお》つきで。

「そんなこと、できない。むりだと思《おも》う」

かめばあさんが、ぐいっと首《くび》をのばしました。

「なんでじゃ。先生《せんせい》からおねがいすれば、きっとひきうけてくれると思《おも》うがなあ」

スミレ先生《せんせい》はだまってしまいました。

何《なに》か考《かんが》えごとをしているのでしょうか。それとも何《なに》かを思《おも》いだしているのでしょうか。

そのとき、わたしには、スミレ先生《せんせい》の心《こころ》のなかが見《み》えました。ずいぶん長《なが》いこと、しまっていたままだった心《こころ》のいちばん奥《おく》のとびらが、かすかにあいていたのです。スミレ先生《せんせい》の心《こころ》の声《こえ》が、わたしの耳《みみ》には聞《き》こえました。

——夜《よる》になってお月《つき》さまが出《で》てくると、いつも音楽教室《おんがくきょうしつ》にやってきて、ひと晩《ばん》じゅうピアノをひいているのは、あたしのおとうさんのゆうれい。

ピアノのうまかったおかあさんは、遠《とお》い昔《むかし》に、ずるがしこい人間《にんげん》のかけたわなにつかまって、つれさられてしまった。殺《ころ》されて、毛《け》皮《がわ》にされるために。

おとうさんは、まだ赤《あか》んぼうだったあたしを、おじいちゃんとおばあちゃんにあずけて、おかあさんをさがしにいった。そうしてそれきり、もどってこなかった。おとうさんも、人間《にんげん》たちに殺《ころ》されてしまった。だから、あの月夜《つきよ》のピアニストは、おとうさんのゆうれい。ゆうれいだから、オーケストラには参加《さんか》できない……。

「スミレ先生《せんせい》。あのピアニストはね、きみのおとうさんなんだよ」

音楽教室《おんがくきょうしつ》の入《い》り口《ぐち》の近《ちか》くで、しずかな声《こえ》がしました。

声《こえ》のぬしは、くろくまシェフです。両手《りょうて》に、大《おお》きなかごをかかえています。かごには、「にこにこ顔《がお》のパン」が山《やま》もりになっています。

心《こころ》やさしいくろくまシェフは、みんなのためにパンを焼《や》いて、持《も》ってきてくれたのです。

「月夜《つきよ》のピアニストがだれなのか、どうしても知《し》りたくなって、ぼくはある晩《ばん》、音楽教室《おんがくきょうしつ》をたずねてみたんだ」

そうして、くろくまシェフは、スミレ先生《せんせい》のおとうさんから話《はなし》を聞《き》いたというのです。

「おとうさんは、悲《かな》しみにくれていた。きみのおかあさんのことを思《おも》うと、悲《かな》しくて悲《かな》しくてたまらなくなって……ぼくには、おとうさんの気持《きも》ちが手《て》にとるようにわかった。なぜならぼくも、子《こ》どものころに家族《かぞく》を……」

そうでした。くろくまシェフも、台風《たいふう》と洪水《こうずい》のせいでおとうさんとおにいさんをなくし、おまけにおかあさんは、人間《にんげん》に撃《う》ち殺《ころ》されてしまったのでした。

「でも、悲《かな》しみに負《ま》けてはいけない。ぼくも長《なが》いこと、悲《かな》しみをかかえて、ひとりぼっちで生《い》きてきた。だれの胸《むね》のなかにも『悲《かな》しみ』は、ある。たいせつなのは、その悲《かな》しみを何《なに》かもっと、べつのいいものにかえていくことなんだ」

「何《なに》か、もっと、いいもの？」

スミレ先生《せんせい》は、つぶらなひとみでじっと、くろくまシェフの顔《かお》を見《み》つめています。

「そう、たとえば、おいしいもの、楽《たの》しいもの、あっとおどろくようなおもしろいもの。おとうさんにとっては、それはピアノ、だったんじゃないかな。悲《かな》しみをいいものにかえていけば、こんどはその悲《かな》しみが、だれかに大《おお》きな喜《よろこ》びをあたえることだって、できるんだよ」

たとえば、くろくまレストランのように。
たとえば、ひつじ郵便局《ゆうびんきょく》からとどく、なかなおりの手紙《てがみ》のように。
たとえば、月夜《つきよ》のピアニストのひく「ひみつの森《もり》のノクターン」のように。
いつのまにか、スミレ先生《せんせい》のほおを、涙《なみだ》がつたっていました。
——あのピアニストは、ゆうれいなんかじゃ、なかった。おとうさんはおかあさんを思《おも》って、毎晩《まいばん》、ピアノをひいていた。ごめんね、ごめんね、おかあさんを見《み》つけて、つれてかえることができなくてごめんねと、あたしに語《かた》りかけるようにして……。

「だから、スミレ先生《せんせい》がたのめば、喜《よろこ》んで、ひきうけてくれるよ。おとうさんもそのことを、心《こころ》からのぞんでいるはずだ。なんならぼくが、スミレ先生《せんせい》のかわりに、たのんでみてもいいよ」

「ありがとう、くろくまシェフ」

ずっと心《こころ》の奥《おく》にとじこめてきた悲《かな》しみのかたまりが、涙《なみだ》といっしょにとけて、流《なが》れだしていきました。

生徒《せいと》たちは、スミレ先生《せんせい》のまわりに集《あつ》まってきて、先生《せんせい》の肩《かた》をやさしくたたいたり、しっぽをなでたりして、先生《せんせい》の心《こころ》をなぐさめてあげました。

練習《れんしゅう》はしばし、お休《やす》みです。焼《や》きたての「にこにこ顔《がお》のパン」は、あっというまに、なくなってしまいました。

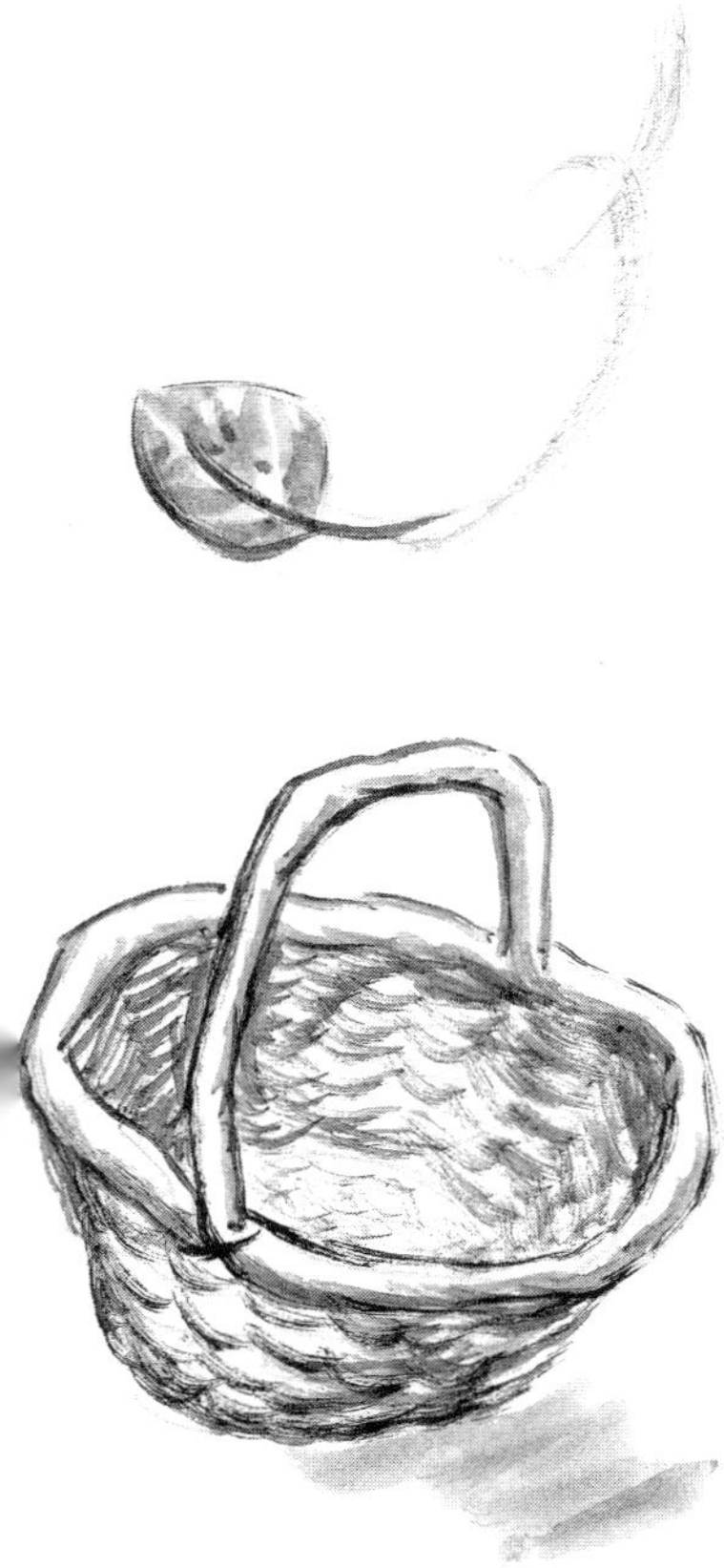

7

毎日《まいにち》がたんじょうび

あごひげ館長《かんちょう》の、百八歳《さい》のおたんじょうびの朝《あさ》がやってきました。

太陽《たいよう》はきょうも明《あか》るく、力強《ちからづよ》く、森《もり》をてらしはじめました。

「しっかりたのんだわよ」

わたしは太陽《たいよう》にバトンをわたして、いつものように空《そら》のかたすみで、森《もり》のみんなを見守《みまも》ることにしました。

くろくまレストランのちゅうぼうでは、くろくまシェフが、おたんじょうびのケーキを焼《や》いています。ろうそくを百八本《ぽん》、立《た》てるためには、そうとう大《おお》きなケーキを焼《や》かなくてはなりません。

庭《にわ》にずらりとならべられたテーブルの上《うえ》には、焼《や》きあがったばかりの、あごひげ館長《かんちょう》の「ねぼけ顔《がお》パン」や「あくび顔《がお》パン」が山《やま》もりになっています。

森《もり》のオーケストラは、「たんじょうびシンフォニー」の最後《さいご》のしあげにとりかかっているようです。

スミレ先生《せんせい》が指揮者《しきしゃ》になってから、三日三晩《かばん》、森《もり》のなかまたちはおひるねもしないで、いっしょうけんめい、練習《れんしゅう》をつみかさねてきました。

だから、ほんとうにじょうずになっています。

どこからどう見《み》ても、聞《き》いても、りっぱな森《もり》のオーケストラのたんじょう――

だと、わたしには思《おも》えるのですけれど、

「あっ、ピアノの今《いま》の音《おと》、ちがってた。そこは、ドレミじゃなくて、スミレでしょ？　ピアノだけやりなおし。最初《さいしょ》から」

スミレ先生《せんせい》の口調《くちょう》は、ものすごくきびしいのです。

「はい、わかりました」

おとうさんピアニストは、ピアノの前《まえ》で肩《かた》を落《お》として、ためいきをひとつ。

なぜなら、ほかのメンバーの演奏《えんそう》は百点満点《てんまんてん》なのに、ピアノだけ

がまだ、たりないようなのです。

ゆうれいではなかったおとうさんにやっと会《あ》えて、スミレ先生《せんせい》はうれしくてたまらず、ほんわかとした気持《きも》ちでいっぱいでしたが、ひとたびタクトをにぎると、きりりとひきしまった先生《せんせい》の顔《かお》になります。たとえおとうさんでも、ひきまちがいはゆるされません。

「だいぶよくなったけど、もっと楽《たの》しそうにひいてみて。だって、これはおたんじょうびのお祝《いわ》いのメロディなんだから。そんなしょんぼりした顔《かお》じゃ、だめでしょ」

―はい、先生《せんせい》」

おとうさんは、ちょっとしょんぼりしているように見《み》えますけれど、じつは心《こころ》のなかでは、ものすごく喜《よろこ》んでいるのです。りっぱに成長《せいちょう》して音楽《おんがく》の先生《せんせい》になったむすめのことを、おとうさんは、ほこりに思《おも》っているのです。わたしには、そんなおとうさんの「にこにこ顔《がお》」が見《み》えます。

そうこうしているうちに、レストランにはつぎつぎに、お客《きゃく》さんが集《あつ》まってきました。

となりの村《むら》からは、あごひげ館長《かんちょう》のしんせきのやぎたちも、おおぜいやってきました。

みんな、手《て》に手《て》に、あごひげ館長《かんちょう》へのプレゼントをかかえています。

「さあ、そろそろはじめましょうか」

くろくまシェフが、なかまたちに声《こえ》をかけました。

みんな、それぞれの席《せき》について、胸《むね》をわくわくさせています。おやおや、よだれをたらしているなかまもいます。おなかをぐうぐう鳴《な》らせているのは、だれでしょう。

森《もり》のオーケストラのメンバーは、しんけんなまなざしで、タクト

を見《み》つめています。まずは「かんげいのマーチ」をかなでて、あごひげ館長《かんちょう》をおむかえするのです。

つかのまのしずけさ。

「ああっ、だめ！」

タクトが動《うご》くかわりに、スミレ先生《せんせい》のさけび声《ごえ》。

おとうさんピアニストは、またしかられるのかと思《おも》って、いすからとびあがりそうになっています。

どうしたのでしょう。まだ演奏《えんそう》ははじまっていないし、おとうさんピアニストは、けんばんにさわってもいないのに。

「ほんとだ！　だめだわ、これじゃあ、だめよ！」

さけびながら、いすから立《た》ちあがったのは、ひつじ郵便局長《ゆうびんきょくちょう》でした。

「あごひげ館長《かんちょう》にしょうたいじょうをとどけるのを、すっかりわすれてた！　プレゼントのセーターを編《あ》むのに夢中《むちゅう》になりすぎて」

たしかに、これではだめです。あごひげ館長《かんちょう》のおたんじょうびパーティーに、あごひげ館長《かんちょう》がこなかったら、いみがありません。

「はやぶさくん、おねがいね」

ひつじ局長《きょくちょう》は、近《ちか》くにすわっていたはやぶさに声《こえ》をかけました。

はやぶさは、ひつじ郵便局《ゆうびんきょく》の「特別速達《とくべつそくたつ》たんとう係《がかり》」なのです。

「はい、いってきます」

空《そら》をひとっ飛《と》びして、森《もり》のとしょかんまで、しょうたいじょうを運《はこ》びます。同時《どうじ》に、いのししタクシーが、あごひげ館長《かんちょう》のおむかえに出発《しゅっぱつ》します。

やがて、いのししのせなかにのっかって、あごひげ館長《かんちょう》がやってきました。パジャマすがたではありません。えんび服《ふく》に、ちょうネクタイ。くつもピカピカです。

「いいにおいがするぞっ。あいつ、いったい何《なに》をつくったんだ?」

小枝《こえだ》のタクトが、くいっと動《うご》きます。
森《もり》のオーケストラの演奏《えんそう》がはじまります。
弦楽器《げんがっき》も管楽器《かんがっき》も打楽器《だがっき》も、みんなの気持《きも》ちも息《いき》も、たったひとつになっています。
きつねのおとうさんは、スミレ先生《せんせい》のタクトとひとみをじっと見《み》つめています。
——さあ、おとうさん、ここからがあなたの出番《でばん》よ。
——よし、わかった。まかせておきなさい。
やさしい音色《ねいろ》です。なめらかな音《おと》です。オーケストラの音楽《おんがく》のなかを、流《なが》れる川《かわ》のようです。

天国《てんごく》でくらしているきつねのおかあさんにも、おとうさんのピアノはきっと、とどいているでしょう。

小鳥《ことり》たちが歌《うた》います。樹木《じゅもく》のあちこちから、かわるがわる。

おたんじょうび、おめでとう
あごひげ館長《かんちょう》、おめでとう
きょうは館長《かんちょう》のハッピーバースデイ
あしたも、あさってても、たんじょうび

森《もり》では毎日《まいにち》、どこかでだれかが生《う》まれてる
だから毎日《まいにち》が、ハッピーバースデイ

会場《かいじょう》に集《あつ》まったなかまたちも、思《おも》わず声《こえ》をはりあげて、歌《うた》いだしました。
オーケストラの演奏《えんそう》と歌声《うたごえ》が、森《もり》ぜんたい、空《そら》いっぱいに、ひびきわたります。
わたしは、まっ白《しろ》なまんまるお月《つき》さまになって、美《うつく》しい音楽《おんがく》に耳《みみ》をかたむけています。

森《もり》では毎日《まいにち》が、だれかのおたんじょうび。
そういえば今朝《けさ》は、森《もり》の楓《かえで》の大木《たいぼく》の、枝《えだ》と枝《えだ》のあいだにかかって
いるからすの巣《す》のなかで、卵《たまご》のからをいきおいよくつきやぶって、
かわいいひな鳥《どり》が七羽《わ》、生《う》まれたばかりです。

おひげ館長
おたんじょうび
おめでとう
108さい